O. Henry

Das Geschenk der Weisen

O. Henry

Das Geschenk der Weisen

und andere Weihnachtserzählungen

Aus dem Englischen von Alexandra Berlina

Anaconda

Penguin Random House Verlagsgruppe FSC® N001967

Die Deutsche Nationalbibliothek verzeichnet diese Publikation in der
Deutschen Nationalbibliografie; detaillierte bibliografische Daten sind im
Internet unter http://dnb.d-nb.de abrufbar.

© 2022 by Anaconda Verlag, einem Unternehmen der
Penguin Random House Verlagsgruppe GmbH,
Neumarkter Straße 28, 81673 München
Alle Rechte vorbehalten.
Umschlagmotive und Abbildungen im Innenteil:
shutterstock/Marish, krasivos, natianis
Umschlaggestaltung: www.katjaholst.de
Satz und Layout: Achim Münster, Overath
Druck und Bindung: GGP Media GmbH, Pößneck
ISBN 978-3-7306-1148-7
www.anacondaverlag.de

Inhalt

Das Geschenk der Weisen

Ein Dollar siebenundachtzig. Das war's. Davon sechzig einzelne Cents – erspart und errettet durch unnachgiebiges Feilschen mit dem Metzger, dem Gemüsehändler und dem Krämer, bis Della vor jedermanns stillen, doch spürbaren Missbilligung solcher Knauserei die Wangen brannten. Dreimal zählte sie nach. Ein Dollar siebenundachtzig. Und morgen war Weihnachten.

Was konnte man da schon anfangen, als sich auf das abgewetzte kleine Sofa zu werfen und loszuheulen? Also tat Della genau das. Woraus wir übrigens auch den philosophischen Schluss ziehen können, dass das Leben aus Schluchzen, Schniefen und Schmunzeln besteht, wobei Schniefen dominiert.

Während die Dame des Hauses nun also vom Ersten zum Zweiten übergeht, können wir uns umschauen. Eine möblierte Wohnung, für 8 Dollar pro Woche, die zwar nicht jeder Beschreibung spottete, sich aber zumindest ins Fäustchen lachte bei jedem Versuch, ihr erzählerisch gerecht zu werden.

In der Eingangshalle unten fand sich ein Briefkasten, in den kein Brief passen wollte, und ein elektrischer Klingelknopf, dem kein sterblicher Finger jemals einen Ton entlocken konnte. Zu diesem Knopf gehörte auch ein Schild, und auf dem Schild prangte der Name »Mr James Dillingham Young«.

»Dillingham« hatte sich in früheren, gedeihlicheren Zeiten übermütig dazugesellt, als Mr Young noch 30 Dollar pro Woche verdiente. Nun war das Einkommen auf 20 Dollar geschrumpft, und der zweite Vorname wirkte verschämt und verschwommen, als ob er ernstlich erwöge, sich zu einem bescheidenen »D.« zusammenzuziehen. Zu Hause wurde Mr James Dillingham Young ohnehin einfach nur Jim genannt, und zwar von Mrs James Dillingham Young, die Sie bereits als Della kennen, und die ihrem Mann jeden Tag freudig um den Hals fiel, wenn er in die Wohnung kam. Und das ist auch alles gut so.

Della hatte inzwischen zu Ende geweint und frischte sich mit der Puderquaste die Wangen auf. Dann ging sie zum Fenster und blickte trübe auf eine graue Katze, die in dem grauen Hof über einen grauen Zaun spazierte. Morgen war Weihnachten, und sie hatte nur 1,87 $, um Jim ein Geschenk zu kaufen. Monat für Monat hatte sie jeden Cent gespart, und dies war das Ergebnis. Mit 20 Dollar die Woche ist eben nicht viel zu machen. Die Ausgaben waren größer als gedacht.

Das sind sie ja immer. Nur 1,87 $, um Jim etwas zu schenken. Ihrem Jim. So viele glückliche Stunden hatte sie damit zugebracht, etwas besonders Schönes für ihn zu erträumen! Etwas Feines und Rares und Edles – etwas, was seiner zumindest beinahe würdig wäre.

Zwischen den Fenstern hing ein Pfeilerspiegel. Vielleicht haben Sie mal einen Pfeilerspiegel in einer 8-Dollar-Wohnung gesehen. Eine sehr schmale und sehr wendige Person kann darin ein relativ stimmiges Bild ihres Äußeren erhaschen, wenn sie die aufeinanderfolgenden vertikalen Ausschnitte rasch genug betrachtet. Die schlanke Della hatte diese Kunst gemeistert.

Auf einmal wirbelte sie vom Fenster weg und stellte sich vor den Spiegel. Ihre Augen leuchteten, aus ihrem Gesicht aber war alle Farbe gewichen. Rasch löste sie ihr Haar und ließ es zu seiner vollen Länge herabwallen.

Nun hatten die James Dillingham Youngs zwei Besitztümer, auf die sie mächtig stolz waren. Das eine war Jims goldene Taschenuhr, die seinem Vater und davor seinem Großvater gehört hatte. Das andere war Dellas Haar. Lebte die Königin von Saba im Haus gegenüber, müsste Della nur einmal ihr frischgewaschenes Haar am Fenster trocknen lassen, um alle Juwelen und Kostbarkeiten Ihrer Majestät in den Schatten zu stellen. Wäre König Salomo der Hausmeister und der Keller voll seiner Schätze, würde er sich jedes Mal vor Neid den Bart raufen, wenn Jim im Vorbeigehen wie zufällig seine Uhr aus der Westentasche zog.

Nun öffnete Della also ihr schönes Haar, und es fiel in glänzenden Kaskaden flüssiger Bronze. Fast wie ein Gewand umhüllte es sie bis zu den Kniekehlen. Nach einem Blick in den Spiegel steckte sie es nervös und hastig wieder hoch. Kurz zauderte sie; eine Minute lang stand sie da, und auf den fadenscheinigen roten Teppich fiel die eine oder andere Träne.

Dann aber an mit dem alten braunen Mantel, auf mit dem alten braunen Hut. Dellas Rock wirbelte hoch, als sie aus der Wohnung und die Treppe hinunter eilte, die Augen immer noch feucht.

Ihr Ziel war ein Haus mit dem Aushang »Madame Sofronie. Haarwaren aller Art«. Della flog in den ersten Stock und blieb keuchend vor der Tür stehen. Madame, wuchtig, bleich und kühl, sah kaum nach einer Sofronie aus.

»Würden Sie mein Haar kaufen?«, fragte Della.

»Kann schon sein«, sagte Madame. »Ziehn Sie mal Ihren Hut aus, und dann schaun wir.«

Wieder fiel die bronzene Kaskade.

Madame wog die Haarpracht mit geübter Hand und verkündete: »Zwanzig Dollar.«

»Her damit!«, sagte Della.

Die nächsten zwei Stunden vergingen wie im Flug. Nein, streichen Sie die abgedroschene Metapher.

Della durchwühlte die Läden nach einem Geschenk für Jim.

Und schließlich fand sie es. Es war ganz offensichtlich für Jim gemacht und für niemanden sonst. In keinem der anderen Läden gab es so etwas, und sie hatte sie allesamt auf den Kopf gestellt. Es war eine Uhrkette aus Platin. Einfach gestaltet, konzentriere sie ihren Wert im Wesentlichen; wie alle wirklich guten Dinge kam sie ganz ohne grelles Schmuckwerk aus. Ja, sie war tatsächlich *der Uhr* würdig. Sobald Della sie erblickte, wusste sie: Die Kette musste Jim gehören. Schlicht aber edel – so waren sie beide. Einundzwanzig Dollar kostete die Kette, und Della eilte mit den 78 Cents nach Hause. Nun würde Jim in jeder Gesellschaft in aller Ruhe die Uhrzeit studieren können. Bis jetzt stand es nämlich so, dass er manchmal heimlich auf seine prächtige Uhr schaute, denn statt an einer Kette hing sie an einem alten Lederband.

Zu Hause wich Dellas trunkene Freude der Umsicht und Vernunft. Sie nahm die Brennzange, zündete das Gas an und machte sich daran, die Verwüstung zu kaschieren, die Großmut und Liebe angerichtet hatten. Und das ist immer eine enorme Aufgabe, meine lieben Leserinnen und Leser. Eine Mammutaufgabe.

Vierzig Minuten später kräuselten sich um Dellas Kopf dichte Löckchen, sodass sie ganz bezaubernd nach einem Buben aussah, der gerade die Schule schwänzt. Sie blickte in den Spiegel – lange, aufmerksam und kritisch.

»Wenn Jim mich nicht gleich nach dem ersten Blick umbringt«, sprach sie zu sich, »sagt er bestimmt, ich sehe aus wie ein Coney-Island-Showgirl. Aber was hätte ich denn tun sollen? Was hätte ich mit einem Dollar siebenundachtzig tun sollen?«

Um sieben Uhr abends war der Kaffee fertig, und die Pfanne wärmte sich auf dem Herd, bereit, die Koteletts zu empfangen.

Jim kam nie zu spät nach Hause. Della legte die Uhrkette in der Hand zusammen und setzte sich auf die Tischkante nahe der Tür. Dann hörte sie seine Schritte unten auf der Treppe, und das Blut wich ihr für einen Augenblick aus dem Gesicht. Sie hatte die Gewohnheit, kleine Gebete über die alltäglichsten Dinge aufzusagen, und nun flüsterte sie: »Lieber Gott, mach bitte, dass er mich immer noch hübsch findet.«

Die Tür ging auf; Jim trat herein und schloss hinter sich ab. Er sah sehr dünn aus, und sehr ernst. Der Arme war erst zweiundzwanzig – und trug schon die Bürde des verheirateten Mannes! Er könnte einen neuen Mantel gebrauchen, und Handschuhe hatte er gar keine.

Jim machte einen Schritt ins Zimmer und erstarrte wie ein Jagdhund, der eine Wachtel gerochen hat. Sein Blick war auf Della geheftet – und es erschreckte sie, dass sie seinen Ausdruck nicht lesen konnte. Es war nicht Ärger, nicht Überraschung, nicht Missfallen, nicht Schrecken, nicht irgendeins der Gefühle, auf die sie gefasst war. Er starrte sie einfach an, mit diesem seltsamen Ausdruck im Gesicht.

Della rutschte vom Tisch und stürzte zu ihm.

»Jim, Liebster«, rief sie, »jetzt schau mich doch nicht so an! Ich hab mein Haar eben abgeschnitten und verkauft; ich konnte dich ja Weihnachten nicht leer ausgehen lassen. Es wächst schon noch nach – du bist mir doch nicht böse, oder? Das musste einfach sein. Mein Haar wächst auch ganz furchtbar schnell! Jetzt sag doch mal ›frohe Weihnachten!‹, Jim, und lass uns glücklich sein. Du weißt ja noch gar nicht, was ich für ein schönes – ein richtig schönes Geschenk für dich habe!«

»Du hast dein Haar abgeschnitten?«, fragte Jim mit sichtlicher Anstrengung, als wäre diese sonnenklare Tatsache bei ihm trotz aller geistiger Bemühung noch nicht ganz angekommen.

»Abgeschnitten und verkauft«, sagte Della. »Aber du magst mich doch trotzdem, nicht wahr? Ich bin ja ich, auch ohne mein Haar, oder?«

Jim schaute sich um, als sähe er die Wohnung zum ersten Mal.

»Dein Haar ist also weg?«, wiederholte er nahezu idiotisch.

»Weg, fort, verschwunden, nicht mehr da. Ich sage doch: Ich hab's verkauft. Jetzt aber komm, es ist Weihnachten, Junge! Sei bitte lieb zu mir, ich hab's ja für dich getan.« Dann fuhr Della fort, auf einmal ernst und zärtlich: »Vielleicht könnte man die Haare auf meinem Kopf abzählen, aber meine Liebe zu dir kann niemand berechnen. Soll ich jetzt die Koteletts braten, Jim?«

Da erwachte Jim schließlich aus seiner Trance. Er schloss seine Della in die Arme. Schauen wir für ein paar Sekunden weg, betrachten wir irgendeinen belanglosen Gegenstand am anderen Ende des Zimmers. Acht Dollar pro Woche oder eine Million pro Jahr – was macht das schon für einen Unterschied? Ein Mathematiker hätte etwas dazu zu sagen, oder auch ein Aphoristiker; doch beide würden sich irren. Die drei Weisen hatten ihrerzeit wertvolle Gaben gebracht, doch eine brachten sie nicht. Diese dunkle Behauptung wird später noch erhellt.

Jim zog ein Päckchen aus seiner Manteltasche und ließ es auf den Tisch fallen.

»So meine ich das nicht, Dell!«, sagte er. »Es wurde noch kein Shampoo und kein Schnitt erfunden, die zwischen mich und mein Mädchen kommen könnten. Aber mach mal das Päckchen hier auf, dann siehst du schon, warum ich erst so benommen war.«

Finger zart und flink rissen an der Schnur und am Papier. Dann ein ekstatischer Freudenschrei und dann – ah, dann kamen schon die ewig weiblichen Tränen und Klagen, die den Einsatz aller Trosttalente des Hausherrn erforderten.

Denn da lagen *die Kämme*: Die Garnitur von Schmuckkämmen – zwei für die Seiten, einer für den Hinterkopf –, die Della schon lange in einem Schaufenster auf dem Broadway bewundert hatte. Wunderschöne Kämme waren das, reines Schildpatt, mit Edelsteinen besetzt, und genau die richtige Farbe für das ebenso wunderschöne und nun verlorene Haar. Die Kämme waren teuer, das wusste Della, und ihr Herz hatte sich ohne jede Hoffnung danach verzehrt. Jetzt gehörten sie ihr. Die langen Locken und der ersehnte Schmuck hätten sich gegenseitig zieren sollen – nun waren die ersten nicht mehr da.

Doch schließlich presste sich Della die Kämme an die Brust, hob den Blick und lächelte durch die Tränen: »Mein Haar wächst so schnell nach, Jim!«

Und dann sprang sie auf wie ein erschrecktes Kätzchen und rief: »Oh, oh!«

Jim hatte ihr wunderbares Geschenk ja noch gar nicht gesehen! Voller Vorfreude streckte sie ihm die offene Hand mit der Kette entgegen. Das edle matte Metall schimmerte auf, als spiegelte es ihr leuchtendes, stürmisches Wesen.

»Ist sie nicht ein Gedicht, Jim? Ich habe die ganze Stadt abgesucht, bevor ich sie entdeckte. Jetzt musst du jeden Tag hundertmal nach der Zeit schauen! Komm, gib mir deine Uhr, ich will sehen, wie sie sich an der Kette macht.«

Doch statt zu gehorchen, ließ sich Jim aufs Sofa fallen, verschränkte die Hände hinter dem Kopf und lächelte.

»Dell«, sagte er, »lass uns unsere Weihnachtsgeschenke mal für eine Weile beiseitelegen. Sie sind für den Moment zu schön. Die Uhr habe ich verkauft, um dir die Kämme schenken zu können. Und jetzt – hast du nicht etwas von Koteletts gesagt?«

Die Heiligen Drei Könige, das ist weithin bekannt, waren weise Menschen, sehr weise sogar. Sie brachten dem Kinde in der Krippe ihre Gaben und erfanden damit das Weihnachtsgeschenk. In ihrer Weisheit schenkten sie sicherlich auch weise, wahrscheinlich mit Umtauschrecht, für den Fall, dass man schon Weihrauch und Myrrhe im Haus hatte. Und da erzähle ich ohne jede Kunst diese simple Geschichte von zwei närrischen Kindern in einer winzigen Wohnung, die füreinander äußerst unweise die größten Schätze opferten, die sie besaßen. Doch eines will ich den heutigen Weisen sagen: Unter allen Schenkenden waren diese zwei die Weisesten. Unter allen, die schenken und beschenkt werden, sind Menschen wie sie die weisesten. Sie sind die Weisen.

Der Cop und der Choral

Unbehaglich regte sich Soapy auf seiner Bank im Madison Square. Wenn des Nachts der hohe Ruf der Wildgänse ertönt, und wenn Frauen, die noch keinen Robbenfellmantel haben, besonders nett zu ihren Männern werden, und wenn Soapy sich unbehaglich auf seiner Bank im Park regt, weiß man: Der Winter ist nahe.

Ein totes Blatt fiel Soapy in den Schoß – Jack Frosts Visitenkarte. Jack, der Geist des Winters, ist gütig zu denen, die hier im Park leben, und warnt sie stets im Voraus über sein Kommen. An allen Ecken übergibt er seine Kärtchen an den Nordwind, den Diener des Anwesens »Unter freiem Himmel«, damit seine Bewohner sich auf den Besuch vorbereiten können.

Soapy wurde klar, dass der gesamte Haushaltsausschuss seines Verstandes sich darauf konzentrieren musste, für die harten Zeiten vorzusorgen. Und so regte er sich unbehaglich auf seiner Bank.

Was den saisonalen Domizilwechsel anbelangte, so waren seine Ansprüche nicht zu hoch. Fern waren sie von Mittelmeerkreuzfahrten und der süßen Muße des südlichen Himmels über der Bucht von Neapel. Drei Monate auf Blackwell's Island: Das war es, wonach sich seine Seele sehnte. Drei Monate Übernachtung mit gesicherter Vollpension und sympathischer Gesellschaft, vor Boreas und Bütteln gleichermaßen sicher – alle Wünsche Soapys wären damit aufs Angenehmste erfüllt.

Jahrelang war das gastfreundliche Gefängnis auf der Insel im East River sein Winterquartier gewesen. So wie die wohlsituierten New Yorker jeden Dezember Fahrkarten nach Palm Beach und an die Riviera kauften, so traf auch Soapy jährlich seine bescheidenen Vorkehrungen für die Pilgerschaft auf die Insel. Nun war es wieder an der Zeit. In der Nacht hatten drei Sonntagszeitungen – eine unter dem Mantel ausgelegt, eine um die Knöchel gewickelt und eine über dem Schoß verteilt – die Kälte nicht abwehren können, als er auf seiner Bank am sprudelnden Brunnen schlief. Und somit baute sich die Insel in ihrer ganzen Größe und Dringlichkeit in Soapys Gedanken auf. Die Vorkehrungen, die New York im Namen der Nächstenliebe für die Bedürftigen traf, strafte Soapy mit Verachtung. Das Gesetz fand er gütiger als die Philanthropie. Es gab Institutionen ohne Zahl, ob munizipal oder mildtätig, bei denen er Unterkunft und Nahrung hätte erbitten können, die für bescheidene Ansprüche genügten. Aber für einen stolzen Geist wie Soapy hat Wohltätigkeit einen faden Beigeschmack. Denn philanthropische Gaben wollen stets bezahlt werden, wenn nicht mit Geld, so doch mit Demütigung. Wie Cäsar seinen Brutus erleiden musste, hat man für jede karitative Übernachtung und jeden geschenkten Laib etwas zu erleiden, sei es ein Bad oder eine inquisitorische Befragung nach Privatem und Persönlichem. Aus ebendiesem Grunde ist es vorzuziehen, Gast des Gesetzes zu sein; dieses folgt zwar seinen eigenen Regeln, involviert sich jedoch nicht ungebührlich in die Privatangelegenheiten eines Gentlemans.

Soapy entschied sich also für die Insel – und machte sich sogleich daran, diesen Wunsch zu verwirklichen. Dafür gab es viele unkomplizierte Mittel. Der angenehmste Weg war, luxuriös in einem teuren Restaurant zu speisen, dann die eigene Zahlungsunfähigkeit zu erklären und in aller Ruhe, ganz ohne Aufsehen, einem Polizisten übergeben zu werden. Den Rest würde ein entgegenkommender Richter erledigen.

Und so verließ Soapy seine Bank auf dem Madison Square und schlenderte über das wellenlose Asphaltmeer, wo Broadway und Fifth Avenue sich kreuzen. Er ging den Broadway hinauf und blieb vor einem glitzernden Restaurant stehen, wo allabendlich die erlesensten Produkte der Traube, der Seidenraupe und des Protoplasmas aufeinandertrafen.

Soapy hatte Vertrauen in sein Äußeres vom untersten Knopf der Weste aufwärts. Er war rasiert, trug einen anständigen Mantel und eine ordentliche vorgebundene schwarze Krawatte, das Geschenk einer Missionarin zu Thanksgiving. Er brauchte nur unverdächtigt einen Tisch zu erreichen, und Erfolg war ihm garantiert. Das über dem Tisch Sichtbare würde keinen Kellner stutzig machen. Ein Entenbraten, dachte Soapy, das wäre recht, eine Flasche Chablis dazu – dann Camembert, ein Tässchen Mokka und eine Zigarre. Keine allzu teure; ein Dollar, nicht mehr. Die Gesamtsumme würde nicht hoch genug sein, um das Management zu übermäßiger Vergeltung zu bewegen; und doch würde er nach dem Essen satt und glücklich zu seinem Winterrefugium gelangen.

Doch sobald Soapy das Restaurant betrat, fiel der Blick des Oberkellners auf seine ausgefranste Hose und die verkommenen Schuhe. Kräftige Hände drehten ihn um, beförderten ihn ebenso still wie schnell auf den Bürgersteig und ersparten der Ente ein schändliches Schicksal.

Soapy bog vom Broadway ab. Der hedonistische Weg auf die begehrte Insel wurde ihm verwehrt. Er würde also einen anderen einschlagen müssen.

An einer Ecke der Sixth Avenue bestrahlte elektrisches Licht raffiniert ausgestellte Waren im Schaufenster. Soapy nahm einen Pflasterstein und schleuderte ihn durch das Glas. Sogleich kamen jede Menge Menschen um die Ecke gerannt, angeführt von einem Ordnungshüter. Soapy stand da, die Hände in den Taschen, und lächelte beim Anblick der Messingknöpfe auf der Uniform.

»Wer war das?«, rief der Ordnungshüter.

»Ob ich wohl etwas damit zu tun haben könnte?«, erkundigte sich Soapy – nicht ohne Sarkasmus, doch freundlich, begrüßte er doch gerade sein Glück.

Der Polizist aber weigerte sich, Soapy als möglichen Täter auch nur in Betracht zu ziehen. Wer Fensterscheiben einschlägt, bleibt nicht stehen, um mit den Schergen des Gesetzes zu plaudern; wer Fensterscheiben einschlägt, macht sich aus dem Staub. Schon erblickte der Polizist einen halben Block weiter einen Mann, der einer abfahrenden Tram nachrannte, und nahm mit gezücktem Knüppel die Verfolgung auf. Soapy schleppte sich weiter, sein Misserfolg nun verdoppelt und sein Herz voller Abscheu.

Auf der anderen Straßenseite lag ein schlichtes Lokal für den großen Hunger und das kleine Portemonnaie. Die Luft und das Geschirr waren dick, die Suppen und die Tischdecken dünn. Dieses Lokal betrat Soapy mit seinen anstößigen Schuhen und verräterischer Hose nun ungehindert. Er setzte sich an einen Tisch und verzehrte ein Beefsteak, Pancakes, Doughnuts und Pies. Anschießend verkündete er dem Kellner, dass er nicht einmal mit der kleinsten Münze Bekanntschaft führte.

»Jetzt rufen Sie lieber mal schnell einen Cop«, sagte Soapy. »Lassen Sie einen Gentleman nicht warten.«

»Ach was, Cop, das schaffen wir schon selbst«, sagte der Kellner, die Stimme wie Butterkuchen und der Blick wie die Kirsche in einem Manhattan-Cocktail. »Hey, Con!«

Soapy landete auf dem linken Ohr, von zwei Kellnern auf den gnadenlosen Asphalt befördert. Wie ein Zollstock, ein Gelenk nach dem anderen, klappte er sich auf und klopfte sich den Staub von der Kleidung. Die Festnahme war nur ein rosiger Traum, die Insel schien unendlich weit weg. Ein Polizist, der zwei Türen weiter vor einer Drogerie gestanden hatte, lachte und ging weiter.

Fünf Häuserblocks legte Soapy zurück, bevor er wieder den Mut fasste, um Festnahme zu werben. Diesmal bot sich eine Gelegenheit, die er törichterweise für eine sichere Sache hielt. Eine sittsam, aber ansprechend aussehende junge Frau stand vor einem Schaufenster und betrachtete mit lebhaftem Interesse die Auslage von Rasierbechern und Tintenfässern. Zwei Yards weiter lehnte ein großer Polizist mit strenger Miene an einem Hydranten.

Wenn ich eine respektable Dame auf der Straße bedränge, dachte sich Soapy, sind mir Schmäh, Schande und Verhaftung garantiert. Das potenzielle Opfer war so fein und elegant, der offenkundig pflichtbewusste Polizist so nah – all das versicherte ihm, er würde in wenigen Augenblicken die behaglich offizielle Hand an seiner Schulter spüren. Das Winterquartier auf der kleinen, der feinen, der seinen Insel wäre damit gesichert.

Soapy richtete die Missionarinnenkrawatte, zerrte seine scheuen Manschetten ans Licht, schob sich den Hut schnittig in den Nacken und schlich sich an die junge Frau. Er machte ihr schöne Augen, hüstelte sich an sie heran, grinste, feixte und vollführte das gesamte unverschämte Repertoire des Schürzenjägers. Aus dem Augenwinkel sah er, dass der Polizist den Blick nicht von ihm ließ. Die junge Frau ging ein paar Schritte zur Seite und vertiefte sich wieder in die Ansicht der Rasierbecher. Soapy folgte, trat verwegen auf sie zu, hob seinen Hut an und sagte:

»Na, Sahneschnitte! Wollen wir mal in meinem Garten spielen?«

Der Polizist schaute immer noch zu ihnen. Die bedrängte junge Frau brauchte nur einen Finger zu rühren, und sogleich wäre Soapy auf dem Weg zu seinem insularen Zufluchtsort. Schon konnte er die wohlige Wärme der Polizeiwache nahezu spüren … Die Frau drehte sich zu ihm, streckte die Hand aus und schnappte ihn bei dem Ärmel.

»Sicher, Hübscher«, sagte sie beschwingt, »wenn du mir ein Gläschen Gerstensaft spendierst! Ich hätte dich längst selbst angequatscht, aber der Cop da glotzt die ganze Zeit.«

Von der jungen Frau wie eine Eiche von der Kletterranke umschmiegt, schleppte sich Soapy schwermütig an dem Polizisten vorbei. Offenbar war er zur Freiheit verdammt.

An der nächsten Ecke schüttelte er seine Begleiterin ab und rannte, bis er das Viertel erreichte, wo abends die Bekleidung, Unterhaltung, Musik und Liebesschwüre am leichtesten und am leichtfertigsten waren. Bepelzte Damen und bemäntelte Herren schwärmten vergnügt in der Winterluft. Inzwischen fragte sich Soapy voller Bange, ob nicht irgendein furchtbares Hexenwerk ihn unverhaftbar gemacht hatte. Dieser Gedanke versetzte ihn geradezu in Panik, und als er vor einem prächtigen Theater wieder eine würdevolle Polizistenfigur erblickte, schnappte er nach dem Strohhalm der Ruhestörung.

Er baute sich auf dem Bürgersteig auf und begann, lautstark zu brüllen und zu grölen, als wäre er sturzbetrunken. Er tanzte, tobte, heulte wie ein Hund und störte auf jedwede Art den himmlischen Frieden.

Der Polizist wirbelte seinen Knüppel herum, drehte Soapy den Rücken zu und wandte sich redselig an einen Passanten: »Das wird einer von den Jungs aus

Yale sein. Die haben gerade gegen Hartford College haushoch gewonnen, zu null, da feiern sie eben. Ein bisschen laut, tun aber keinem was. Wir sollen sie gewähren lassen.«

Untröstlich ließ Soapy ab von seinem vergeblichen Getöse. Würde denn nie ein Polizist Hand an ihn legen? Die Insel schien ihm ein unerreichbares Arkadien. Der Wind erstarkte; Soapy knöpfte seinen fadenscheinigen Mantel zu.

In einem Tabakladen sah er einen gut gekleideten Mann, der sich an der Gaslampe eine Zigarre anzündete. Seinen seidenen Regenschirm hatte er beim Eintreten neben die Tür gestellt. Soapy trat ein, schnappte sich den Schirm und schlenderte mit ihm gemütlich davon. Der Mann mit der Zigarre rannte ihm nach.

»Mein Regenschirm«, sagte er streng.

»Ach was!«, höhnte Soapy, um seinem Bagatelldelikt sicherheitshalber noch Ehrverletzung beizufügen. »Tja, warum rufen Sie denn nicht die Polizei? Sieh mal einer an, seinen Regenschirm hab ich genommen! Na los, holen Sie doch einen Cop! Da steht einer an der Ecke.«

Der Besitzer des Regenschirms verhielt den Schritt. Soapy tat es ihm gleich. Es beschlich ihn die Vorahnung, das Glück würde ihm wieder nicht hold sein. Der Polizist sah die beiden neugierig an.

»Das heißt«, sagte der Mann, »wenn es – tja, Sie wissen doch, Verwechslungen kommen vor – ich, nun –

sollte es Ihr Regenschirm sein, bitte ich recht herzlich um Entschuldigung – ich habe ihn heute früh in einem Restaurant mitgenommen – wenn Sie ihn als Ihr Eigentum erkennen, also – ich hoffe, Sie sind mir nicht –«

»Natürlich ist er mein Eigentum!«, zischte Soapy gehässig.

Der somit des Regenschirms Entledigte räumte das Feld. Der Polizist eilte zu einer großen Blondine im Opernmantel, bestrebt, ihr über die Straße zu helfen, damit sie nicht etwa einer Straßenbahn zum Opfer fiel, die sich zwei Blocks entfernt näherte.

Soapy wanderte ostwärts über eine gravierend kaputtreparierte Straße. Hier schleuderte er den Regenschirm zornig in eine Baugrube. Halblaut verfluchte er sämtliche Helm- und Knüppelträger. Je mehr er in ihre Fänge geraten wollte, umso unantastbarer schien er zu werden.

Schließlich erreichte Soapy eine der Avenues im Osten, wo der Glitzer und das Getümmel abebbten. Von hier aus wanderte er in Richtung Madison Square; denn der Instinkt, der einen heimwärts treibt, wirkt selbst, wenn dieses Heim eine Parkbank ist.

Doch dann blieb Soapy an einer ungewöhnlich ruhigen Ecke stehen. Er sah eine alte Kirche, malerisch und giebelig und verwinkelt. Durch ein violettes Bleiglasfenster strömte sanftes Licht heraus. Dort schärfte wohl der Organist sein Können für den kommenden

Sonntagschoral: In Soapys Ohren drang liebliche Musik, und er blieb gebannt an den Windungen des Eisengitters stehen.

Hoch am Himmel schimmerte friedlich der Mond; kaum jemand ging oder fuhr vorbei; Spatzen zwitscherten schläfrig in den Traufen – als wäre Soapy in einem Kirchhof auf dem Lande. Und das Kirchenlied, das die Orgel da spielte, schmiedete ihn ans Gitter, denn er hatte diesen Choral früher oft gehört – in Zeiten, als es in seinem Leben noch Dinge gab wie Mütter und Rosen und Träume und Freunde und schneeweiße Gedanken und Kragen.

Soapy war ohnehin in einer empfindsamen Stimmung; und die Musik und alles um diese Kirche schuf auf einmal eine wunderbare Verwandlung in seiner Seele. Mit jähem Entsetzen sah er den Abgrund, in den er gestürzt war, sah die düsteren Tage, unwürdigen Wünsche, erwürgten Hoffnungen, zertrümmerten Talente und niederen Motive, die seine Existenz ausmachten.

Und schon hob sich sein Herz dieser neuen Stimmung entgegen. Sogleich verspürte er die stärkste Regung, gegen seine desolate Lage anzukämpfen. Er würde sich aus diesem Morast ziehen; er würde wieder ein Mensch werden; er würde das Böse besiegen, das sich seiner bemächtigt hatte! Er hatte Zeit, er war noch recht jung; ja, er würde seine alten Bestrebungen und

Träume wieder aufleben lassen und sie unermüdlich verfolgen. Diese Orgeltöne, so feierlich und doch so lieblich, hatten in ihm einen Umsturz ausgelöst. Morgen würde er sich in die stürmische City begeben und Arbeit finden. Ein Pelzimporteur hatte ihm einmal eine Stelle als Fahrer angeboten … Er würde ihn morgen aufsuchen und um diese Stelle bitten. Er würde jemand sein in der Welt. Er würde –

Da spürte Soapy eine Hand auf seinem Arm. Rasch drehte er sich um und sah in das breite Gesicht eines Polizisten.

»Was treibst du denn hier?«, fragte der Polizist.

»Nichts«, sagte Soapy.

»Na, dann komm mal mit.«

»Drei Monate auf der Insel«, hieß es am nächsten Morgen im Polizeigericht.

Weihnachten in Yellowhammer

Cherokee war der Stadtvater von Yellowhammer. Yellowhammer, frisch aus Segeltuch und unbehandeltem Kiefernholz erbaut, war eine Goldgräbersiedlung, und Cherokee war ein Goldgräber. Eines Tages, während sein Esel sich an Quarz und Kiefernzapfen gütlich tat, stieß Cherokee mit der Hacke auf ein dreißig Unzen schweres Nugget. Er steckte seinen Claim ab und lud sogleich alle seine Freunde aus drei Staaten ein, das Glück mit ihm zu teilen, denn er war ein Mann von Format und Gastfreundschaft.

Nicht einer der geladenen Gäste ließ sich entschuldigen. In Scharen kamen sie – aus Gila, vom Salt River und Pecos in Arizona, aus Albuquerque und Phoenix und Santa Fe und aus allen Lagern dazwischen.

Als eintausend neue Bürger angekommen waren und ihre Claims abgesteckt hatten, nannten sie die Siedlung Yellowhammer, bildeten eine Bürgerwehr und überreichten Cherokee eine Uhrkette aus Goldnuggets.

Und genau drei Stunden nach dieser Zeremonie stellte Cherokee fest, dass sein Abschnitt nichts mehr hergab. Was er gefunden hatte, war ein Nest, keine Ader. Er gab den Claim auf und versuchte es mit einem anderen, dann mit einem neuen, und noch einem. Doch Lady Fortuna hatte ihm eine Kusshand zugeworfen, und weg war sie. Nie wieder fand er in Yellowhammer auch nur genug Goldstaub für die Saloon-Rechnung. Die meisten seiner tausend Gäste aber hatten Glück, und Cherokee gratulierte jedem von ihnen.

In Yellowhammer zog man den Hut vor einem lächelnden Pechvogel, und so wurde Cherokee allseits gefragt, ob er Hilfe gebrauchen könnte.

»Tja«, sagte er, »ein bisschen Kredit wär mir recht. Ich will nach Mariposa gehen. Und wenn ich dort was finde, sag ich gleich Bescheid. Ich bin nicht so einer, der was von seinen Freunden geheim hält.«

Im Mai bepackte Cherokee seinen Esel und richtete den nachdenklichen mausgrauen Kopf des Tieres gen Norden. Die Bürger Yellowhammers begleiteten ihn mit Rufen des Abschieds und Wünschen des Glücks feierlich bis zu den angedachten Grenzen der Siedlung. Man gab ihm fünf Feldflaschen mit, so voll, dass kein Luftbläschen zwischen Inhalt und Korken passte; man versicherte ihm, dass er in Yellowhammer auf immer und ewig in jedem Haus ein Omelett mit Speck und heißes Rasierwasser finden würde, falls Lady Fortuna auch in Mariposa nicht geruhen sollte, die Hände an seinem Lagerfeuer zu wärmen.

Den Namen »Cherokee« hatte der Vater Yellowhammers von anderen Goldgräbern bekommen, und zwar entsprechend ihrer üblichen Nomenklatur. Diese erforderte keinerlei Taufscheine. Der Geburtsname war Privateigentum eines jeden und für seine Mitbürger von keinerlei Interesse. Um aber einen Mann zur Theke zu rufen und ihn von anderen Zweibeinern in blauen Hemden zu unterscheiden, war ein zeitweiliger Beiname oder Titel nötig, und diesen verlieh die Öffentlichkeit. Den meisten solcher Namen stand eine persönliche Eigenart Pate; andere waren geografischer Natur und verrieten die Orte, aus denen ihre Träger nach eigenem Bekunden stammten. Dann gab es ein paar Menschen, die behaupteten, einen Allerweltsnamen wie »Thompson« oder »Adams« zu tragen, auch wenn die Unverfrorenheit und Lautstärke, mit der sie das taten, recht suspekt war. Nur wenige waren so schamlos und eitel, ihren wahren Namen zu enthüllen. Solche Arroganz machte hier nicht gerade beliebt. Einer, der gar brieflich nachwies, er hieße Chesterton L. C. Belmont, wurde nachdrücklich gebeten, die Siedlung bis Sonnenuntergang zu verlassen. Gern gesehen wurden Namen wie »Shorty«, »Krummbein«, »Texas«, »Fauler Bill«, »Rogers der Trinker«, »Riley der Hinker«, »Richter« und »California Ed«. Cherokee hieß Cherokee, weil er behauptete, eine Zeit lang mit diesem Stamm auf dem Indianerterritorium gelebt zu haben.

Am zwanzigsten Dezember brachte Glatze, der Postbote, eine Neuigkeit nach Yellowhammer.

»Da komm ich nach Albuquerque«, erzählte Glatze den Stammgästen des Saloons, »und was sehe ich! Cherokee, rausgeputzt und schick in Schale wie der Zar aller Türken, und wirft mit Geld um sich wie sonst was! Wir beide sind ja zusammen durch dick und dünn gegangen, also geben wir uns ordentlich die Kante mit französischem Sprudelwein, und er bezahlt alles bar auf die Kralle. Seine Taschen waren voll wie ein Cowboy nach einer durchzechten Nacht.«

»Ist also auf Erz gestoßen, unser Cherokee«, kommentierte California Ed. »Na, er ist ein feiner Kerl. Ich gönn's ihm.«

»Da könnte er ja auch mal nach Yellowhammer kommen, alte Freunde besuchen«, brummte ein anderer, »aber so ist es eben auf der Welt: Geld heilt jede Erinnerung.«

»Jetzt wart's mal ab«, sagte Glatze, »dazu komm ich ja grade. Also, da findet er in Mariposa eine drei Fuß lange Ader, und pro Tonne Erz so viel Gold, dass es für eine Reise nach Europa und zurück reicht. Das Ganze verkauft er an ein Syndikat, kriegt hunderttausend Dollar in bar, kauft sich einen Robbenfellmantel und einen roten Schlitten – und was meint ihr, was er als Nächstes vorhat?«

»Setzt alles auf Rot«, sagte Texas, unfähig, sich Freizeitgestaltung abseits des Glücksspiels vorzustellen.

»Komm und küss mich, meine Süße«, sang Shorty, der alle Taschen voller Blechfotografien hatte und selbst beim Graben eine rote Krawatte trug.

»Kauft sich nen Saloon?«, mutmaßte Rogers der Trinker.

»Alles falsch«, sagte Glatze. »Cherokee führt mich also in dieses eine Zimmer und zeigt's mir: Da stapeln sich Trommeln und Puppen und Schlittschuhe und Süßigkeiten und Hampelmänner und Kuschellämmer und Trillerpfeifen und so Kinderzeug bis zur Decke. Und was will er mit dem ganzen Kram? Ihr braucht nicht zu raten, Cherokee hats mir gesagt. Er will den Schickschnack in seinen roten Schlitten packen und – jetzt wartet mal kurz mit den Drinks! – und ab nach Yellowhammer. Um nämlich den Kinderchen – ja, den Kinderchen in dieser Siedlung hier – den größten Budenzauber westlich des Cape Hatteras zu veranstalten, mit Riesenweihnachtsbaum und sprechenden Puppen und extragroßem Werkzeugkasten für den kleinen Handwerker.«

Auf diese Rede folgten zwei Minuten absoluter Stille. Gebrochen wurde sie vom Barkeeper, der dies für den richtigen Augenblick erachtete, im Zuge der

Gastfreundschaft ein Dutzend Whiskygläser, gefolgt von der Flasche, über die Theke schlittern zu lassen.

»Und du hast nichts gesagt?«, fragte ein Goldgräber namens Trinidad.

»Tja, irgendwie nicht« erwiderte Glatze nachdenklich, »es wollte sich keine Gelegenheit ergeben. Cherokee hatte dieses ganze Weihnachtszeug ja schon gekauft und bezahlt, und war ganz verknallt in seine Idee; und dann hatten wir noch Sprudelwein ins Feuer gegossen … Nee, ich hab nichts gesagt.«

»Ich kann mich einer gewissen Überraschung nicht erwehren«, sagte Richter und hängte seinen Spazierstock mit Elfenbeingriff an die Theke, »dass unser Freund Cherokee eine derart irrige Vorstellung von, nun, seiner eigenen Siedlung haben sollte.«

»Ach was, ist nicht gerade die achte Weltverwunderung«, sagte Glatze. »Cherokee ist ja seit über sieben Monaten nicht in Yellowhammer gewesen. In so einer Zeit kann eine Menge passieren. Woher sollte er wissen, dass es hier immer noch kein einziges Kind gibt und, zumindest auf dem Wege der Migration, auch keins zu erwarten ist?«

»Wenn man's so recht bedenkt«, überlegte California Ed, »ist es schon komisch, dass es nicht zumindest ein paar kleine Racker zu uns hinübergeweht hat. Die Siedlung ist wohl noch nicht ganz reif für die Nuckelbande …«

»Zur Krönung dieser ganzen Weihnachtsorgie«, berichtete Glatze weiter, »will Cherokee auch noch selbst den Santa abgeben. Hat sich eine weiße Perücke mit Bart besorgt – sieht damit aus wie dieser Longfellow in den Büchern – dazu so eine Art lange rote Unterwäsche mit Pelzbesatz, und große dicke Handschuhe und eine rote gestrickte Schlafmütze. Schon jammerschade, dass diese ganze Aufmachung keine Kinderaugen zum Leuchten bringen wird!«

»Wann will Cherokee hier denn mit seinem Schlitten aufkreuzen?«, erkundigte sich Trinidad.

»Am Morgen vor Heiligabend«, sagte Glatze. »Und er will, dass wir ein Zimmer zum Feiern herrichten, mit Weihnachtsbaum und allem Drum und Dran. Und wer von den Ladys lange genug die Luft anhalten kann, um das Ganze den Kindern nicht gleich auszuplaudern, sagt er, soll das Fest vorbereiten helfen.«

Nun war Yellowhammer, wie gesagt, nicht mit Nachwuchs gesegnet. Noch nie war in seinen hastig zusammengeschusterten Bauten das Lachen von Jungen und Mädchen erklungen; noch nie hatte das Getrappel rastloser Füßchen die ungepflasterte Straße zwischen den zwei Reihen von Zelten und Holzbuden geweiht. All das würde später kommen. Aber noch war Yellowhammer nur ein Goldgräberlager. Hier würden sich am Morgen vor Weihnachten keine verschmitzt glänzenden Kinderaugen voller Vorfreude dem Zaubertag entgegen öffnen; keine eifrigen Kinderhände würden tief in Santas verblüffende Schatztruhe greifen; keine begeisterten Kinderstimmen würden ihre Festtagsfreude in die Welt hinausschreien – nichts davon, was der gutherzige Cherokee verdient hätte, würde er hier finden.

Immerhin hatte Yellowhammer aber fünf Damen vorzuweisen, drei davon permanent: die Frau des Erzprüfers, die Besitzerin des Lucky-Strike-Hotels und eine Wäscherin, die in ihrem Bottich allabendlich eine Unze Goldstaub fand. Dazu lebten im Moment noch die Spangler-Schwestern hier, Miss Fanchon und Miss Erma von der Transcontinental Comedy Company, die gerade in Yellowhammer im improvisierten »Empire Theatre« spielten. Manchmal gab Miss Fanchon mit Schwung und Elan eine wilde Göre, doch zwischen ihren Darbietungen und der zarten Jugend, die Cherokee für seine Festlichkeiten vorschwebte, klaffte ein Abgrund.

Am Donnerstag war Heiligabend. Am Dienstagmorgen machte sich Trinidad nicht ans Graben, sondern suchte im Lucky Strike Hotel seinen Freund Richter auf.

»Wäre doch eine Schande für Yellowhammer«, sagte Trinidad, »Cherokee mit seinem Budenzauber im Stich zu lassen. Ohne ihn hätte es die Siedlung doch gar nicht gegeben! Also ich für mein Teil will sehen, wie Santa hier auf seine Kosten kommt.«

»Ich lasse mich diesbezüglich gerne involvieren«, sprach Richter. »Unsere Historie kennt seitens Cherokee lauter Wohltaten, und ich bin ihm zutiefst verbunden. Es entzieht sich mir dennoch – obschon ich bisher das Fehlen von Kindern eher als Luxus betrachtet habe – aber in diesem Fall – und doch, wie sollte –«

»Schau mich an«, sagte Trinidad, »und du siehst ein ganzes Bewerkstelligungskomitee. Ich spanne jetzt mal ein paar Maultiere ein und hole eine Ladung Racker für Cherokees Weihnachtsshow, und wenn ich dafür ein Waisenhaus ausrauben muss.«

»Heureka!«, rief Richter begeistert.

»Nichts da«, versetzte Trinidad. »Ich hab's selber gefunden. So viel Latein hab ich in der Schule auch gelernt.«

»Ich begleite dich«, erklärte Richter und fuchtelte energisch mit seinem Stock. »Vielleicht werden meine Beredsamkeit und Sprachbegabung behilflich sein, die lokale Jugend zu überzeugen, sich unserem Projekt anzuschließen.«

Eine Stunde später kannte und billigte die ganze Siedlung das Vorhaben von Trinidad und Richter. Wer im Umkreis von vierzig Meilen eine Familie mit Nachwuchs kannte, erzählte davon. Trinidad schrieb alles genau auf und besorgte dann in aller Eile ein Gespann und ein paar Maultiere.

Der erste Halt war vor einer Blockhütte fünfzehn

Meilen von Yellowhammer. Auf Trinidads Ruf erschien ein Mann, kam ans klapprige Tor und lehnte sich dagegen. Die Haustür ließ er offen, und der Türrahmen füllte sich sogleich zum Bersten mit Kindern, manche zerlumpt, doch alle gesund, munter und voller Neugier.

»Tja, also«, erklärte Trinidad, »wir kommen aus Yellowhammer und sind in Sachen Kidnapping unterwegs – aber die gute Art. Unseren Stadtvater hat nämlich die Weihnachtsmanie erwischt. Hat die Hälfte von dem ganzen rot lackierten Klimbim aufgekauft, den man in Deutschland macht, und bringt ihn morgen mit. Nun hat der jüngste Bube bei uns in Yellowhammer schon einen .45-Colt und einen Rasierhobel. Niemand weit und breit, um ›Ah!‹ und ›Oh!‹ zu rufen, wenn auf dem Weihnachtsbaum die Lichter angehen. Also, Kollege, wenn wir von Ihnen ein paar Sprösslinge borgen könnten, kriegen die jede Menge Spaß und ganze Füllhörner von Abenteuerbüchern und roten Trommeln und ähnlichen Erzeugnissen – und am Weihnachtstag bringen wir sie garantiert wohlbehalten zurück. Was sagen Sie?«

»Mit anderen Worten«, fügte Richter hinzu, »empfinden wir die Abwesenheit der Adoleszenz in unserer noch embryonalen, jedoch fortschrittlichen Siedlung erstmals als eine Unannehmlichkeit. Da nun die Zeit naht, wenn der zarten Jugend unpraktische doch erfreuliche Geschenke –«

»Ich verstehe«, sagte der Vater und stopfte seine Pfeife mit dem Zeigefinger. »Hier brauchen Sie keine Zeit zu verlieren, Gentlemen. Ich und die Alte haben sieben Kinder, wenn ich richtig zähle – aber wenn ich sie so durchgehe, fällt mir keins ein, das wir euch ausleihen könnten. Die Alte hat schon Zuckerpopcorn und Stoffpuppen in der Kleidertruhe versteckt, und wir wollen auf unsere bescheidene Art auch eine kleine Weihnachtsfete steigen lassen. Nein, ich könnte mich nicht ansatzweise mit dem Gedanken anfreunden, auch nur eins zu entbehren. Danke fürs Angebot, Gentlemen.«

Weiter ging es, den Hang hinunter und wieder hoch, zur Wiley-Wilson-Ranch. Trinidad trug den Appell vor, im Wechselgesang mit dem schwerfälligen Monolog seines Begleiters. Mrs Wiley legte die Arme beschützend um die beiden rotwangigen Bengel, die an ihrem Rock klebten. Ihr Gesicht entspannte sich erst, als Mr Wiley lachend den Kopf·schüttelte. Noch ein Nein.

Als es in den Hügeln zu dämmern begann, hatten Trinidad und Richter mehr als die Hälfte ihrer Liste vergeblich abgearbeitet. Sie übernachteten in einem Gasthaus am Straßenrand und brachen früh am nächsten Morgen wieder auf. Sie hatten noch keinen einzigen Passagier.

»So langsam dämmert's mir –«, kommentierte Trinidad, »es ist schier unmöglich, so ein Kind für Heiligabend auszuleihen. Geradezu als wollte man einem die Butter klauen, der gerade auf heiße Pfannkuchen wartet.«

»Zweifellos ist es eine unbestreitbare Tatsache«, pflichtete der Richter bei, »dass die – äh – Familienbande in dieser Jahreszeit von besonderer Undurchtrennbarkeit erscheinen.«

An diesem Tag schafften sie dreißig Meilen und machten viermal Halt, erfolglos. Kinder standen gerade viel zu hoch im Kurs.

Die Sonne hing tief, als sie die Gattin des Bahnwärters an einer einsamen Strecke sprachen. Den Nachwuchs, der sich sicherheitshalber hinter ihrem Rücken versteckte, gab sie zwar nicht her, sagte aber:

»Eine Frau hat gerade die Bahnhofskantine unten in Granite Junction übernommen. Ich glaube, sie hat einen Jungen. Vielleicht lässt sie ihn ja gehen.«

Um fünf Uhr nachmittags waren Trinidads Maultiere am Bahnhof angekommen. Der Zug war gerade abgefahren, und mit ihm eine Ladung verpflegter und versonnener Passagiere.

Auf den Stufen zur Kantine saß ein dürrer grimmiger Junge von etwa zehn Jahren und rauchte eine Zigarette. Die hungrigen Reisenden hatten Chaos im Speisesaal hinterlassen. Eine noch recht junge Frau war offenbar gerade eben auf einen Stuhl niedergesunken. Tiefe Sorgenfalten hatten sich ihr ins Gesicht geschnitzt. Die Art von Schönheit, die sie einmal hatte, würde nie ganz verschwinden, aber auch nie ganz zurückkehren. Trinidad setzte seine Mission fort.

»Es wäre eine Wohltat, wenn Sie Bobby für eine Weile mitnehmen könnten«, sagte sie erschöpft. »Ich arbeite von morgens bis abends und hab keine Zeit, mich um ihn zu kümmern. Die Männer hier sind ein schlechter Einfluss. Ja, das wäre seine einzige Chance auf ein bisschen Weihnachten.«

Die Kidnapper kamen auf die Treppe hinaus und berieten sich mit Bobby. Trinidad beschrieb lebhaft die Pracht des Weihnachtsbaums und der Geschenke.

»Und außerdem, mein junger Freund«, fügte Richter hinzu, »wird Santa Claus persönlich die Geschenke überreichen und damit sozusagen die Gaben der drei Weisen darstellen, welche in Bethlehem –«

»Lass den Quatsch«, sagte der Junge und kniff verächtlich die kleinen Augen zusammen. »Ich bin doch kein kleines Kind. So was wie Santa gibts nicht. Da kaufen die Eltern halt Spielzeug und verstecken es, wenn du schläfst. Und dann machen sie noch mit der Zange Spuren im Ruß um den Schornstein rum und das war dann der Schlitten vom Weihnachtsmann.«

»Das mag schon sein«, pflichtete Trinidad bei, »aber Weihnachtstannen gibts wirklich. Und diese eine wird so groß wie ein Mammutbaum, und darauf mehr Spielzeug als im ganzen 10-Cent-Laden in Albuquerque. Kreisel und Trommeln und Archen und –«

»Papperlapapp«, winkte Bobby müde ab. »Interessiert mich seit Jahren keinen Dreck. Was ich will, ist ein Gewehr. Kein Spielzeuggewehr, ein richtiges, zum Wildkatzen schießen! Aber so was hängt auf eurem blöden Baum bestimmt nicht.«

»Das weiß ich nicht genau«, sagte Trinidad diplomatisch, »aber vielleicht ja doch. Komm lieber mal mit und schau selbst.«

Mit dieser schwachen Hoffnung im Sinn willigte der Junge zögerlich ein, und die Werber machten sich auf den Heimweg – mit einem einzigen Nutznießer für Cherokees Festtagsfülle.

In Yellowhammer war inzwischen ein leerer Lagerraum in eine Laube verwandelt, wo sich jede Fee Arizonas gerne einquartiert hätte. Die Ladys hatten ihre Arbeit gut gemacht. In der Mitte stand ein großer Weihnachtsbaum, bis zum obersten Zweig mit Kerzen, Flitter und genug Spielzeug für ein paar Dutzend Kinder behängt. Kurz vor Sonnenuntergang hatten besorgte Augen begonnen, die Straße nach der zurückkehrenden Beschaffungspartie abzusuchen. Schon am Mittag war Cherokee angekommen, sein neuer Schlitten voller Päckchen, Packungen und Pakete aller Größen und Formen. So sehr war er in seine altruistischen Vorbereitungen vertieft, dass ihm der gravierende Mangel an Kindern nicht aufgefallen war – und niemand erwähnte diesen demütigenden Zustand, denn es wurde allseits erwartet, dass die Bemühungen Trinidads und Richters ihn bald beheben würden.

Als die Sonne unterging, zog sich Cherokee zwinkernd und grinsend mit dem Santa-Claus-Kostüm zurück; auch einen Sack mit besonderen und geheimen Geschenken nahm er mit.

»Wenn die Kinder sich versammelt haben«, wies er das Organisationskomitee an, »zündet die Kerzen auf dem Baum an und lasst sie ein bisschen Bockspringen und ›Die Reise nach Jerusalem‹ spielen. Wenn sie so richtig in Fahrt kommen, dann schleicht sich der gute Santa in die Tür. Ich denk mal, die Geschenke dürften für alle reichen.«

Die Ladys huschten um den Baum, machten hier und da noch allerletzte und allerallerletzte Verbesserungen. Die Spangler-Schwestern trugen die Kostüme der Lady Violet de Vere und des Dienstmädchens Marie aus ihrem neuen Stück, »Die Goldgräberbraut«. Das Theater öffnete erst um neun, und ihre helfenden Hände waren dem Weihnachtskomitee sehr willkommen. Jede Minute streckten sich Köpfe aus der Tür, um nach Trinidads Wagen zu schauen und zu lauschen. Die Anspannung wuchs, denn es war schon spät am Abend; bald müsste man die Kerzen anzünden, und

Cherokee konnte jederzeit in seinem Santa-Gewand hereinplatzen.

Endlich ratterte der Wagen der Beschaffungspartie die Straße entlang und blieb vor der Tür stehen. Die Ladys rannten sogleich mit Freudengeschrei in die Lagerhalle zurück, um sich an die feierliche Beleuchtung zu machen. Die Männer von Yellowhammer standen verlegen umher oder gingen rastlos hinein und wieder hinaus.

Schließlich betraten Trinidad und Richter den Raum, sichtlich von der langen Reise strapaziert. Sie führten einen Bengel mit, der mürrisch die grelle Pracht besah.

»Wo bleiben denn die anderen?«, fragte die Frau des Erzprüfers, die stete Vorsitzende aller gesellschaftlichen Veranstaltungen.

»Ma'am«, seufzte Trinidad, »zur Weihnachtszeit nach Kindern zu prospektieren ist wie im Kalkstein Silber zu suchen. Das Elternsein, das ist mir ein Rätsel. 364 Tage im Jahr scheint es Müttern und Vätern rein gar nichts auszumachen, wenn ihr Nachwuchs im Fluss ertrinkt, Giftpflanzen nascht, gestohlen oder von Pumas verschlungen wird – aber am Heiligabend müssen sie unbedingt die Gesellschaft ihrer lieben Kleinen genießen. Wir haben zwei Tage lang ausgeschwemmt, aber wir konnten nur diesen jungen Zweibeiner gewinnen.«

»Oh, die süße Jugend!«, gurrte Miss Erma und kam näher, gefolgt von der Schleppe ihrer De-Vere-Robe.

»Halt die Klappe«, erwiderte Bobby finster. »Wer soll hier die süße Jugend sein? Du bestimmt nicht.«

»So ein Flegel!«, zischte Miss Erma, ohne sich das Emaille-Lächeln vom Gesicht zu wischen.

»Wir haben unser Bestes gegeben«, sagte Trinidad. »Pech für Cherokee, aber mehr lässt sich nicht machen.«

Da ging die Tür auf, und Cherokee betrat in voller Weihnachtsmannmontur den Raum. Der gekräuselte Bart und die Perücke bedeckten weiß und wallend sein Gesicht, sodass man kaum etwas als die dunkel glänzenden Augen sah. Über die Schulter hatte er einen großen Sack gehievt.

Niemand rührte sich, als er hereinkam. Selbst die Spangler-Schwestern ließen von ihren koketten Posen ab und starrten auf die hochgewachsene Gestalt. Bobby stand da, die Hände in den Hosentaschen, den mürrischen Blick auf den Baum gerichtet, der offenbar nichts für echte Männer war. Cherokee setzte den Sack ab und sah sich verwundert um. Vielleicht bildete er sich ein, irgendwo wäre noch eine Schar aufgeregte Kinder versteckt, die man bei seinem Eintreten losbinden würde. Dann ging er auf Bobby zu und streckte ihm die Hand im roten Handschuh entgegen.

»Frohe Weihnachten, mein Junge«, sagte Cherokee. »Was du von diesem Baum haben möchtest, wird für dich gern gepflückt. Na, willst du Santa denn nicht die Hand schütteln?«

»Santa gibts nicht«, motzte der Junge. »Du hast nen falschen Bart aus altem Ziegenhaar. Ich bin doch kein kleines Kind! Was soll ich mit Puppen und Zinnpferdchen? Der Mann da im Wagen meinte, es würde ein Gewehr geben, aber es gibt keins. Ich will nach Hause.«

Trinidad sprang in die Bresche. Er schüttelte Cherokee warm die Hand.

»Tut mir leid«, erklärte er, »es gibt eben kein einziges Kind in Yellowhammer. Wir wollten für deine Fete ein paar auftreiben, es hat aber nur diese kleine Sardine angebissen. Und der ist Atheist und glaubt nicht an den Weihnachtsmann. Jammerschade, dass du das ganze Zeug umsonst angeschleppt hast! Richter und ich dachten, wir würden einen Wagen willige Abnehmer für deinen Plunder auftreiben …«

»Schon gut«, sagte Cherokee besonnen. »Die Ausgaben sind nicht der Rede wert. Dann kippen wir den ganzen Klimbim eben in einen Schacht. Was hab ich mir auch bloß dabei gedacht! Es ist mir bei all dem Planen nie in den Sinn gekommen, dass es in Yellowhammer doch keine Kinder gibt.«

Die anderen Anwesenden gaben unterdessen eine löbliche, wenn auch hohle Nachahmung einer fröhlichen Gesellschaft ab. Nur Bobby hatte sich abseits hingesetzt und betrachtete die Szene mit kaltem Blick. Langeweile stand ihm mit Großbuchstaben ins Gesicht geschrieben. Cherokee, den die Idee des Kinderbeglückens noch nicht ganz losgelassen hatte, ging zu ihm und setzte sich.

»Wo wohnst du denn, mein Junge?«, erkundigte er sich.

»Granite Junction«, sagte Bobby lustlos.

Die Halle war warm. Cherokee nahm die Mütze ab, dann den Bart und die Perücke.

»Sag mal!«, rief Bobby, auf einmal sichtlich interessiert. »Diese Visage kenn ich doch!«

»Haben wir uns schon gesehen?«, fragte Cherokee.

»Weiß nicht. Dein Bild hab ich aber ganz oft gesehen.«

»Wo denn?«

Der Junge zögerte kurz. »Auf der Kommode zu Hause.«

»Jetzt würd ich aber gerne wissen, wie du heißt, Kumpel.«

»Robert Lumsden. Das Bild gehört meiner Mutter. Nachts tut sie es sich unters Kissen. Und einmal hab ich gesehen, wie sie es küsst. Eklig, was? Tja, Frauen halt.«

Cherokee erhob sich und winkte Trinidad herüber.

»Pass auf ihn auf bis ich zurückkomme«, sagte er. »Ich nehme nur schnell die Weihnachtsklamotten ab und mache den Schlitten fertig. Ich bringe den Jungen nach Hause.«

»Na, du Heide«, sagte Trinidad, während er sich auf Cherokees Stuhl setzte, »du bist also zu altersmüde und blasiert für Nichtigkeiten wie Süßkram und Spielzeug?«

»Du schon wieder«, sagte Bobby verbittert. »Du hast gesagt, ich krieg ein Gewehr. Und hier lassen die einen nicht mal rauchen. Ich will nach Hause.«

Cherokee fuhr seinen Schlitten vor die Tür, und beide halfen Bobby hoch. Die rassigen Pferde wirbelten über den harten Schnee davon. Cherokee trug seinen 500-Dollar-Robbenfellmantel; dazu legte er sich und dem Jungen eine samtweiche warme Reisedecke über die Beine.

Bobby holte eine Zigarette aus der Hosentasche und versuchte, ein Streichholz anzuzünden.

»Wirf sie weg«, sagte Cherokee, ruhig, aber mit einer neuen Stimme.

Bobby zögerte, und dann warf er die Zigarette aus dem Schlitten.

»Die Schachtel auch«, befahl die neue Stimme.

Widerwillig gehorchte der Junge.

Dann sagte er: »Irgendwie mag ich dich. Weiß gar nicht wieso. Sonst lass ich mir von keinem was vorschreiben.«

»Hör mal«, fragte Cherokee in seinem normalen Tonfall, »bist du auch ganz sicher, dass deine Mutter das Bild geküsst hat, das nach mir aussieht?«

»Todsicher. Hab ich doch gesehen.«

»Wie war das noch mal – du wolltest ein Gewehr, stimmt's?«

»Und ob! Schenkst du mir eins?«

»Morgen. In Silber montiert.«

Cherokee schaute auf die Uhr.

»Halb zehn. Pünktlich zu Weihnachten sollten wir es zur Granite Junction schaffen. Ist dir kalt? Rück näher, Sohn.«

Ein Weihnachtsgeschenk von Frio Kid

Der Zankapfel reifte zwanzig Jahre lang heran.

Und in seiner Reife war er jeden Zank wert.

Hätten Sie damals im Umkreis von fünfzig Meilen von der Sundown Ranch gelebt, hätten Sie bestimmt von diesem Streitfall gehört. Es ging um jede Menge pechschwarzes Haar, ein Paar aufrichtige dunkelbraune Augen und ein Lachen, das über die Prärie plätscherte wie der Klang eines verborgenen Bachs – kurzum, um Rosita McMullen, die Tochter des alten McMullen von der Sundown Ranch.

Da kamen auf zwei feurig roten Rossen – oder, um genauer zu sein, auf einer orange gescheckten Stute und einem bräunlichen Lichtfuchs – zwei Buhler angeritten. Der eine war Madison Lane, der andere Frio Kid. Nur hatte der sich damals die Ehre eines besonderen Spitznamens noch nicht verdient und hieß einfach Johnny McRoy.

Nun sollten Sie nicht annehmen, dass damit der Vorrat an Verehrern der bezaubernden Rosita erschöpft

wäre. Nein, noch ein Dutzend andere Gäule scharr-
ten ungeduldig vor der Sundown Ranch. Jede Menge
verlorene Schafe seufzten hier unter dem Fenster, und
keins davon gehörte dem Schafshirten Dan McMullen.
Von allen Werbern aber hatten es Madison Lane und
Johnny McRoy, gleichsam im Galopp, am weitesten gebracht, und um sie soll es hier gehen.

Madison Lane, ein junger Rancher aus Nueces
County, hatte das Rennen gewonnen. Am ersten Weihnachtstag heiratete er Rosita. Die Cowboys und die
Sheepboys – allesamt bewaffnet und lautstark, aber
ausgelassen und großmütig – legten ihren angestamm-
ten Hass beiseite und feierten gemeinsam das große
Ereignis.

Überall auf der Sundown Ranch ertönten Witze und
Luftschüsse, glänzten Augen und Gürtelschnallen: Die
Kuhhirten beglückwünschten mit viel Lärm das Braut-
paar.

Doch gerade als das Hochzeitsfest in vollen Schwung
kam, wurde es von Johnny McRoy heimgesucht, den
die bitterste Eifersucht plagte.

»Hier habt ihr mein Weihnachtsgeschenk!«, rief er
schrill in der Tür und zückte seinen .45-Colt. Selbst
damals hatte er schon einen Ruf als anständiger
Schütze.

Die erste Kugel biss Madison Lane ein Stück aus
dem rechten Ohrläppchen. Dann bewegte Johnny den

Lauf einen Zoll weiter. Der nächste Schuss hätte die Braut getroffen, wäre der Schäfer Carson nicht im Besitz eines so gut geölten Verstandes gewesen. Die Gewehre der Hochzeitsgesellschaft waren als Zugeständnis an gute Manieren mitsamt den Gürteln an der Wand aufgehängt worden, als sich alle an den Tisch setzten. Aber Carson fand eine andere Waffe: Mit Wucht schleuderte er seinen Teller mit Wildbraten und mexikanischen Bohnen nach McRoy, der daraufhin danebenschoss. Die zweite Kugel traf nur die weißen Blüten einer Schwertlilie, die zwei Fuß über Rositas Kopf hing.

Die Gäste sprangen von den Stühlen und schnappten sich ihre Waffen; es galt nämlich als äußerst unhöflich, während einer Hochzeit auf das Brautpaar zu schießen. Noch etwa sechs Sekunden, und um die zwanzig Kugeln würden auf McRoy zusausen.

»Nächstes Mal schieße ich besser!«, schrie Johnny. »Und ein nächstes Mal wirds geben!« Und er machte sich davon.

Carson, durch den Erfolg des Tellerwerfens zu weiteren Heldentaten angespornt, erreichte als erster die Tür. McRoys Kugel kam aus dem Dunkel und streckte ihn nieder.

Die Cowboys stürzten sich daraufhin ins Freie, um McRoy zu finden und den Tod Carsons zu rächen. Das Töten eines Schäfers verstieß zwar nicht grundsätzlich gegen die guten Sitten, in diesem Fall aber schon, denn Carson war unschuldig. Er hatte sich keineswegs an der Eheschließung beteiligt, nicht einmal ein Weihnachtsgedicht hatte er rezitiert.

Aber die Rache sollte nicht sein. McRoy hatte sich schon auf sein Pferd geschwungen und galoppierte unter düsteren Drohungen und Verwünschungen in den Schutz des Chaparall-Gebüschs.

An diesem Abend wurde Frio Kid geboren. Er wurde zum Schrecken von Frio, Texas. Die Zurückweisung von Miss McMullen hatte aus ihm einen gefährlichen Mann gemacht. Als die Sheriffs ihn wegen des Mordes an Carson festnehmen wollten, brachte er zwei von ihnen um und begann das Leben eines Outlaws. Er lernte, mit links ebenso exzellent zu schießen wie mit rechts. Er tauchte in Städten und Siedlungen auf, zettelte Streit an, erschoss die Gegner und lachte die Ordnungshüter aus. Er war so kühl, so tödlich, so schnell, so unmenschlich blutdürstig, dass man nicht einmal ernstlich versuchte, ihn gefangen zu nehmen. Als er schließlich von einem kleinen, einarmigen Mexikaner erschossen wurde, der selbst vor Schreck fast gestorben wäre, hatte Frio Kid den Tod von achtzehn Menschen auf dem Gewissen. Etwa die Hälfte war in fairen Duellen umgekommen: Wer schneller den Colt zückt, gewinnt. Die andere Hälfte war willkürlich und grausam ermordet worden.

Viele Geschichten werden von seiner unverschämten Kühnheit erzählt. Dabei gehörte er nicht etwa zu der Sorte von Desperados, die gelegentlich großzügig oder gar sanftmütig werden. Es gab, sagt man, keine Gnade für die Opfer seines Zorns. Doch jetzt naht wieder die Weihnachtszeit, und da sollte man jedem so viel Gutes zugestehen, wie es nur geht. Nun, wenn Frio Kid denn jemals Gutes getan, wenn jemals Großzügigkeit an sein Herz geklopft hatte, so ist auch das zur Weihnachtszeit geschehen – und zwar folgendermaßen:

Wer unglückliche Liebe kennt, sollte niemals an den Blüten des Jerusalemsdorns riechen. Sein Duft weckt die Erinnerung in einem gefährlichen Maße.

Nun stand eines Dezembers in Frio der Jerusalemsdorn in voller Blüte: Der Winter war frühlingshaft warm gewesen. Mit seinem Handlanger und Mitmörder, Mexican Frank, kam Frio an dem Baum vorbei. Er zügelte seinen Mustang und lehnte sich im Sattel zurück, grimmig gedankenversunken, die Augen gefährlich zusammengekniffen. Der üppige, süße Duft berührte ihn irgendwo unter all seinem Eis und Eisen.

»Glatt hätte ich's vergessen, Mex«, sagte er gedehnt. »Ich habe ja noch ein Weihnachtsgeschenk loszuwerden. Und zwar muss ich morgen Abend kurz bei Madison Lane vorbeischauen und ihn bei dieser Gelegenheit erschießen. Er hat mir nämlich mein Mädchen geraubt.

Wenn er nicht wäre, hätte Rosita mich genommen. Warum habe ich bloß nicht früher daran gedacht?«

»Jetzt komm schon, Kid«, sagte der Mexikaner, »erzähl mir keinen Bockmist! Du weißt doch: Näher als eine Meile kommst du an Mad Lanes Haus morgen Abend nicht heran. Ich hab den alten Allen erst vorgestern gesehen, und er sagt, Mad lässt eine Weihnachtsfete steigen. Wie du damals bei der Hochzeit aufgetaucht bist, hast du doch nicht vergessen, oder? Und deine Drohungen auch nicht? Denkst du nicht, Mad Lane wird sich auch dran erinnern und ein Auge offen halten für einen gewissen Mr Kid? Lass das Gerede.«

»Ich gehe zu Madison Lanes Weihnachtsfete«, wiederholte Frio Kid in aller Ruhe, »und lege ihn um. Ich hätte es längst schon tun sollen. Mex, vor zwei Wochen erst habe ich geträumt, Rosita hätte mich geheiratet statt ihn, und wir lebten in einem Haus, und sie lächelte mich an, und – verdammt noch mal, Mex, er hat sie mir gestohlen! Aber ich kriege ihn noch. Jawohl, am Weihnachtsabend hat er sie gekriegt, und am Weihnachtsabend kriege ich ihn.«

»Wenn du so drauf brennst, erschossen zu werden, kannst du dich ja gleich dem Sheriff stellen«, riet der Mexikaner.

»Ich kriege ihn«, sagte Frio.

Der Weihnachtsabend war lau, als wäre es April. Ein Hauch von fernem Frost lag in der Luft, aber er prickelte nur wie Sodawasser und duftete zart nach den späten Blüten und Gräsern der Prärie.

Als die Nacht hereinbrach, brannte in den fünf Zimmern der Ranch Licht. In einem davon stand ein Weihnachtsbaum, denn die Lanes hatten einen dreijährigen Sohn, und es sollten auch mindestens ein Dutzend Gäste von benachbarten Ranches kommen.

Bei Einbruch der Dunkelheit rief Madison Lane drei Cowboys, die auf seiner Ranch arbeiteten, und seinen Freund Jim Belcher zur Seite.

»Jungs«, sagte Lane, »jetzt passt mal auf. Geht raus und bewacht das Haus; lasst die Straße nicht aus den Augen. Ihr kennt ja alle Frio Kid, wie man ihn jetzt nennt. Wenn er auftaucht, gilt: Erst schießen, dann fragen. Ich selbst hab ja keine Angst vor ihm, aber Rosita schon. Seit wir verheiratet sind, ist ihr jede Weihnachtszeit bange, dass er uns überfällt.«

Inzwischen kamen auch schon die Gäste, zu Pferde und in Kutschen, und machten es sich drinnen gemütlich.

Die Stimmung war ausgelassen und behaglich. Rositas ausgezeichnetes Essen wurde genossen und gelobt; danach verteilten sich die Männer in Grüppchen auf die Zimmer und die breite Galerie, rauchten und plauderten.

Die Kleinen freuten sich natürlich über den Weihnachtsbaum, und erst recht, als der Weihnachtsmann höchstpersönlich erschien – mit prächtigem weißem Bart, mit Pelz und mit Geschenken.

»Ich weiß, es ist mein Papa«, verkündete der sechsjährige Billy Sampson. »Er hat das schon mal gemacht.«

Der Schafzüchter Berkly, ein alter Freund Lanes, saß in der Galerie und rauchte. Als Rosita hereinkam, fragte er:

»Na, Mrs Lane, inzwischen haben Sie doch auch an Weihnachten keine Angst mehr vor diesem McRoy, oder? Madison und ich haben kürzlich darüber geredet …«

»Es ist besser geworden«, lächelte Rosita, »aber manchmal mache ich mir doch noch Sorgen. Es war so schlimm damals! Er hätte uns ja beinahe umgebracht!«

»So einen kaltblütigen Schurken hat die Welt noch nicht gesehen«, sagte Berkly. »Wir sollten uns alle zusammenrotten und ihn zur Strecke bringen, wie einen Wolf.«

»Er hat ja wirklich furchtbare Verbrechen begangen«, erwiderte Rosita zögerlich, »aber … Ach, ich weiß nicht. Ich glaube, in jedem steckt irgendwo auch Gutes. Er war nicht immer schlecht – da bin ich mir ganz sicher.«

Rosita bog in den Flur ein – und traf dort den Weihnachtsmann in all seiner Pelzpracht, das Gesicht vom Bart bedeckt.

»Ich habe Sie eben durch das Fenster gehört,

Mrs Lane«, sagte er. »Da kramte ich gerade in meiner Pelztasche nach dem Weihnachtsgeschenk für Ihren Mann. Aber dann hab ich stattdessen ein Geschenk für Sie dagelassen. In dem Zimmer da vorne rechts.«

»Danke, lieber Weihnachtsmann!«, strahlte Rosita.

Sie folgte seiner Anweisung, und der Weihnachtsmann trat hinaus, in die inzwischen kühlere Luft.

In dem besagten Zimmer fand sie nur Madison.

»Der Weihnachtsmann sagte, er hätte hier ein Geschenk für mich gelassen. Weißt du, wo es ist?«, fragte sie.

»Ich habe kein Geschenk gesehen«, sagte ihr Mann und lachte: »Vielleicht hat er ja mich gemeint?«

Am nächsten Tag kam Gabriel Radd, der Aufseher der XO Ranch, auf dem Postamt von Loma Alta mit dem Postmeister ins Gespräch.

»Na, endlich hat Frio Kid seine Portion Blei bekommen«, bemerkte er.

»Ach was! Wie das denn?«

»Einer der mexikanischen Schafhirten des alten Sanchez hat ihn erschossen. Stell dir das mal vor: Frio Kid, und von einem Hirten erlegt! Der hat ihn gestern gegen Mitternacht an seinem Lager vorbeireiten sehen und sich so erschrocken, dass er gleich mit der Winchester auf ihn losballerte. Das Komische aber ist: Kid war von Kopf bis Fuß als Weihnachtsmann verkleidet! Mit so einem weißen Bart aus Ziegenfell und einem richtigen Kostüm. Das ist schon was – Frio Kid als Santa!«

Editorische Notiz

Die Short Storys »Das Geschenk der Weisen« *(The Gift of the Magi)* und »Der Cop und der Choral« *(The Cop and the Choral)* sind erstmals in der Kurzgeschichtensammlung *The Four Million* im Jahr 1906 erschienen.

In *Heart of the West* (1907) ist die Kurzgeschichte »Weihnachten in Yellowhammer« *(Christmas by Injunction)* enthalten.

Die Kurzgeschichte »Ein Weihnachtsgeschenk von Frio Kid« *(A Chaparall Christmas Gift)* ist Teil von *Whirligigs* (1910).

Über den Autor

William Sydney Porter, Künstlername O. Henry, wurde 1862 in North Carolina geboren. Vor seiner Karriere als Schriftsteller hatte er zahlreiche Anstellungen und Jobs: In der Apotheke seines Onkels, auf einer Farm in Texas, im Journalismus und als Bankangestellter. Die Bank beschuldigte ihn schließlich der Veruntreuung, und er floh einen Tag vor der Anhörung nach Honduras. Dort lernte er Al Jennings kennen, einen Eisenbahnräuber und späteren Stummfilmstar, und er schrieb seine ersten Erzählungen, die jedoch noch nicht veröffentlicht wurden.

Die Tuberkuloseerkrankung seiner Frau zwang ihn zur Rückkehr nach Texas, wo er nach deren Tod die dreijährige Haftstrafe antreten musste, von 1898–1902.

Nach der Haft zog er noch 1902 nach New York City und seine produktivste Zeit begann; er schrieb für *The New York World Sunday Magazine* wöchentlich eine Kurzgeschichte und nahm den Künstlernamen O. Henry an. Insgesamt verfasste er knapp vierhundert Geschichten, den Großteil davon in nur sechs Jahren.

Die meisten von ihnen spielen in New York City. Das Markenzeichen O. Henrys ist der (doppelte) Twist am Ende der Geschichten.

Ab 1908 verschlechterte sich sein gesundheitlicher Zustand. 1910 starb er an Leberzirrhose, mit 47 Jahren.